비의 안부가 궁금한 바깥

反詩시인선 011

비의 안부가 궁금한 바깥

이연희 시집

시와반시

| 차 례 |

1부 B품 인생

2부 시트콤

3부 잡초

| 1부 |

B품 인생

B품 인생

난 멍징한 태생
견고한 벽을 위해 나왔다

문을 밀고 들어서는 발자국 소리
자석처럼 감지한다
나의 이름이 불릴 때
마른침을 삼키며 바라본다
각이 선 규격품이 팔려 나갈 때
바닥에 고여 숨죽인다

우기가 오면 내 뼈에 꽃이 핀다
음지의 서러움이 멍으로 피어오른다
철물점 구석에 놓여 꽝, 꽝
소리 내어 박혀보지 못한 체
재활용 봉투로 잡동사니 통으로
옮겨져 새로운 이름표를 단다

B품 못대가리

상추

화원장날
탐식을 꿈꾸며
얌전히 포개져 있는
푸른 빛 한 움큼 샀다

싱크대 가득 물을 틀고
풀죽은 단명을 밀어 넣는다
숨죽인 푸른 빛이 만든
소리없이 폭발하는 저, 힘

그것은
보이지 않는 삶을 공유한
그대와 내가
어긋난 잣대로 파놓은
분화구처럼
숨가쁜 갈등과 같은 힘

물이 물을

푸른 잎이 푸른 빛을

밀어내는 회오리 속으로

굉음과 함께 빠져가는

상념의 물줄기 속에서

한움큼 환한 생 빛을 건진다

그리움을 찢다

오늘도 문장으로 어울리지 못한 사연을 찢네
습관처럼 찢네
기형의 문장 갈기갈기 넝마처럼 흩어지면
욕조 가득 물을 틀고 재생할 수 없는 넝마를 던
지네
다리에 힘 모아 늑골 압박하며 밟았네
으스러진 넝마들 거품 물고 가득 차오르네
악몽 같은 거품 가슴 쓸고 지나가는 사이로
언뜻언뜻 나타났다 저무는 가느다란 빛이
얕게얕게 부서질수록 암시적 비명을 지르네
그 외마디 펼쳐 놓고 분석하듯 건조시키며
짜깁기 하네

안개

그곳은 습지다

자작나무 우듬지가
희뿌옇게 젖어있다

목마른 우울이
젖은 하늘 서쪽으로
不具의 뿌리를 펴고 있다

그곳은 습지다

네 노래 우듬지가
캄캄하게 젖어 있다

목마른 절망이
젖은 하늘 동쪽으로
無足의 행보를하고 있다

골목

어둑한 구석을 잘못 들어선 봉고
길을 살피며 땀에 젖는 길
−쓰레기 버리지 마시오
−감시카메라 있음
담 살피는 소리에도
등 굽은 그림자
비닐봉지 던져 버리는

화석 같은 길
아버지의 아버지가 걸었던,
일회용 품삯을 쥔
헐거운 마음을
위태하게 바라보는
먼저 눈 뜨고
늦게 눈 감는
가난한 길

장산

비탈에 서서 땀을 닦는다
힘겨운 비탈

비탈 위엔 꼭대기가 있고
꼭대기에는 바람이 인다

쏜살같은 차들이 높은 빌딩이
위에서 보니 발아래다

유유자적한 마음,
허공을 배회하는
나비 따라 나른다

장산이 나풀거린다

눈물 두 방울

거울을 본다
부스스한 머릿결을 만지며
눈, 코, 이마에 크림을 바른다
늘어난 피부에 보습제를 바른다

등 돌린 면면이
일제히 일어선다
검버섯에 분장을 하듯
덧칠을 한다

빨간―열망으로
주황―은밀한 꿈을 꿨지
노란―봄나무로
초록―잎사귀 밀어 올려
파란―푸른 세상 바라보았다
남색―끝 간 데 없이 따라간 세월 끝자락에 달려
보라―추락하는 것은 죽음처럼 어둡다

일곱 번의 희망과
일곱 번의 좌절을
눈 밑에 그려 놓고
울고 있는 거울 속
피에로

스피아민트 풍으로

껌 하나 입에 문다

풍성할 것도 없는 살
부러지며 긴장한다
혀 바닥이 분홍이다

잘근잘근 씹어
권태를 잘라내고
긴장을 밀어낸다
내 영혼의 허기가 물렁해진다
단 돈 몇 십 원에
일의 매듭이 풀어진다

휴지통으로 던져버리는 권태
얼얼한 턱을 만진다

입맛이 돋는

풀이 있어
풀벌레 있고
풀벌레 있어
애여치 나른다

열무밭은 열무 빛 가득
고추밭은 그 열매 붉다

창을 연 단층 슬래브
헐거운 런닝이 헛둘헛둘

골목을 깨우는
굴착기 소리

입이 있는 것들
배가 고프다

잠잠하다

거실에 누워 천장을 본다

애벌레 한 마리 기어간다

꼬물꼬물

입 다문지

몇 시간

잠잠하다

애벌레

사라졌다

노을

골목에 갇힌 봉고를 향해
크락션 울려대는 짙은 마스카라

놀란 길고양이 후다닥 뒤로 달아나는 풍경

막힌 싱크대에 둥둥 떠 있는 음식 찌꺼기

고객의 갑질에 입은 웃고 손가락은 떨리는 계산원

그 불통을 향해

─豁

하늘이 놀라
서녘에 옐로우 카드 집어 던진다

꽃 지다

꽃은
바람이 불 때마다
몸을 뒤척이며
푸른 이름표를 다는 것이다

꽃잎의 난간에
입 벙그릴 때마다
허공에 길을 내며
푸름을 옹호하는 것이다

공중에
매달린 것들
그 빛 옅어져 갈 때
떨어지는 꽃들의 녹슨 꿈은
상처로 빛나고
비로소
푸른빛이 허공을 뚫는다

하얀 꽃무리

잠시 정지된다

안다미로*

나는 오래전부터
새의 날개가
어떻게 솟아오르는가를
어떻게 허공을 가르는가를
또
그 부리가 무엇을 쪼며 삼키는가를
새의 동공이
어디를 향해 바라보며
날개짓하는가를 오래 지켜보았다

오늘
두 원앙 김민준, 조은비
새봄을 향해 손잡았으니
뜨거운 태양을 향해 날고
은은한 부리로 마음을 데우며
믿고 사랑하라
따뜻한 둥지를 틀어

안다미로
행복하여라

* 그릇에 넘치도록 가득

달빛 정원

수 천 번의 이별과
수 만 갈래의 미로가
미완의 생으로 절뚝이는
여기

낡은 골목이 있고
환한 채송화가 있고
달빛으로 어루만진
슬하가 있고

울음인 듯
웃음인 듯
실눈으로
빛을 건너 온
음력 사월 십사일
아버지

이승의 숨 고르기를
몰래하신다

하루살이

하루살이 한 마리
얼굴에 앉았다 날았다
건방을 떤다
왼 빰 오른 빰
어지러운 손사래로
약을 올리던 하루살이
꿈쩍도 하지 않는
나의 시선을 따라
살짝
글 속에 앉는다

호흡 멈추고
지긋이
책장을 덮는다

| 2부 |

시트콤

그곳에도 풀씨를 키우나

쇠락한 의성김씨 종가의 종손
1급 상이군인인 아버지를 둔 그는
거리를 쏘다니며 시를 뜯어먹는 하이에나였다
막소주에 긴 좌절을 바리때기로 퍼마시며
간질환을 노랫말처럼 품어내었다
장독대 수북이 궁핍만 쌓아놓고
만장의 요령 흔들며 떠나간 어머니를 사랑했다
불우와 가난을 의복처럼 입고 다녔던 그
다혈질로 싸움의 족보에서 걸어 나왔다는 그
몇 권의 애장 시집을 선물할 땐
거무죽죽한 그의 얼굴이 환해 보였다
토씨 하나 안 틀리고 읊어주던 그의 시
수많은 세월이 흘러도 잊히지 않는다
마지막으로 들어 본 그의 자작시
'그날' 동족상잔에 얽힌 슬픈 가족사

봄날의 아지랑이처럼 지금도 아롱거린다.

낮달

바깥이 묻는다
안녕하냐고

보도블록을 뚫고 올라온
보랏빛 꽃잎

분주한 바깥이
다시 묻는다
사는 게 잠잠하냐고

난, 그저
꽃잎만 바라본다

중천에 걸린
화려할 것도 없는 바깥이
종일
시비를 걸고 있다

꽃무늬 봄

달달한 이파리 밀어 올린다
거리마다 풀빛 쏟아져 내린다

장미
란타나
쿠페아
꽃향에 취한 길이
비틀거린다

백화점 쇼윈도에 눈길을 두던 여인
―올해는 꽃 나염이 유행이래
한 옥타브 들뜬 소리에
애인은 백화점으로 들어선다

젊은이는 젊은 대로
늙은이는 늙은이대로
차려입은 꽃무늬

한들거리는 시폰 옷자락에
배추흰나비 앉는다
농한 봄을 염탐하다
쏟아져 내리는 꽃물에 놀란
5월,
꽃무늬 날린다

화려한 허공을 향해
꽃들이 사라진다

태양의 부양가족

태양에 엎드린 그가
두 손을 하늘에 펼치고 있다

걸음소리 따라 달라지는 손의 각도

곁눈질로 곁을 벗어나는 사람들

젖은 손수건을 쥔 초로의 여인이
동전 몇 닢 꺼내준다
양복 차림의 신사도
지폐 한 장 가라앉힌다

적선이 사라지자
달구어진 통을 더듬어
지폐를 몸속으로 숨긴다
다가오는 발자국을 향해
고개를 주억거리며 또다시

손을 펼치는 남자

누런 동전 달구는 태양이
육교 위 납작한 그를
하루 종일 부양한다

시급 오 천원

전구가게
키보드에 해가 뜬다

앵앵거리는 모니터
LED램프 75W 1*7,500
LED램프 8W 1*1,100…
펼쳐진 견적서
칸을 채워간다
느린 손끝을 탓하는
독촉의 굳은 잔소리
거북목 점점 굽어간다

타들어가는 생업 위에도
나뭇잎 구르고
도시 까마귀 울음소리
들리는 오후

때 묻은 손끝에 얹히는
시급 오천 원

전구가게 키보드에
해가 진다

시트콤

먼저 이사 온 터주대감
다 태운 꽁초
동성로87번길 24로
휘익 던진다
빗질 때마다 얼굴이 발끈한다

점선 안에 담긴
츄잉껌 하나
질겅질겅 씹어
동성로 87번길 22로
툭 뱉는다
또 한 알 악동처럼
뱉는다

그 얼굴 단풍들어 울긋불긋

여린 마음

껌 몇 알로 맞선 오늘
시큼하다

목걸이

달맞이꽃 만발한 수영천
가로등에 붙은 불나방
위태한 곡예가 나를 매단다

생각이 생각을 낳고
절망이 절망을 낳는 시간
어둠에 섞인 뭇별같이
빛도 없이 살아온 생이
말라가는 고춧대를 분지르고
낡은 입간판을 내동댕이 치며
광란의 바람으로 맞선 세월

십자가를 지고 골고다를 넘는
그를 떠 올린다
나는 나의 골고다를 생각한다
하나 둘 시들어 간 잎사귀
비로소 그 잎을 만진다

빛나는 그를 내 안에 들인다
몇 할의 구속과
몇 할의 고통이 투명하다

밖이 차갑다

싱크대 앞에서

싱크대 위에 개미 두 마리
습관처럼 지우려다
느린 것이 작은 점 같은 것이
손 그림자에 놀라 달아나는 것이
살겠다고 악착같이 살아보겠다고
발버둥 치며 살아온 내 삶으로 이어져
못 본 체 시선을 돌리는 이 마음은
어디서 오는 감성일까

달맞이꽃

우리 집 창가에 달맞이꽃 피었다
지문 없는 그리움은 흰빛이다

눈이 까만 달그림자 불빛에 구겨져
생의 이쪽과 저쪽이 밤새도록 뒤척인다

우리 집 창가에 달맞이꽃 피었다
하얀 서사가 온몸을 열었다

겨울을 감는다

타래를 감는다
촘촘히, 느슨하게
손끝에 매달린 따뜻한 속성
이 속성도 리듬이 있어
평정을 놓치면 손끝이 출렁거린다

엉켜버린 실의 방향을 찾아
한 올 한 올 편을 가르다 보면
그들은 그들의 편익을 드러낸다
때론, 떼려야 뗄 수 없는 얽힘
속수무책이다

엉킨 실을 절개한다
잘라 낸 초입을 쥐고
이쪽 저쪽을 이어 갈 때
잘린 너비만큼 실의 길이가 늘어난다

감겨 가는 실뭉치
마음이 둥글어진다

바깥이 눈웃음이다

칸나꽃 한무리 붉은 향기로
달리는 우리동네
알록달록 골목에
윤동주가 있고 천상병이 있고
접시꽃 당신이 걸려있다

비 오는 날은
이제나 저제나 흙탕물 세례에
발걸음 분주하다

푸성귀
한 뼘씩 텃밭을 좁혀가고
지렁이 꿈틀거리는 튼실한 땅에
몇 십 년 째
엉덩이 부비며 사는 얼굴들
바깥이 눈웃음이다

불꽃 축제

오늘 밤 천연색 동백꽃 피겠다

밤하늘 가르는 우레
해운대가 눈 뜨고
솟구치는 꽃의 객체들

오늘 밤 놀란 동백꽃 지겠다

저편 너머 스러지는 꽃일지라도
LED에 감겨진 두 다리
미끈하게 펼치며
오늘 밤 꽃들로 몽정하겠다

무릎 씻으며

미끈한 무를 씻는다
벗겨도 벗겨도
흰 살 뿐인
둥글게 썰어도
오직 물 뿐인

아삭아삭 씹을수록
우러나는 단맛
베어 물수록
환해지는 속

초승달 몇 개 삼키고 나니
뱃속 만월 되어 가스 분출한다
변비도 따라 배출된다

천연소화제

채반 가득 누운
미끄덩한 달덩어리들

집으로 가는 길

베네치아 창을 단
유럽풍 카페거리 꿈틀거린다

밤마다
낡은 건물 허물어진다

"임대, 가격 절충"
전봇대 치솟는 옐로카드의 꿈

집으로 가는 길 개밥바라기
집이 없어 집으로 가는 중이다

베네치아 창문을 단
유럽풍 카페거리 꿈틀거린다

시든 맨드라미 속으로
등 굽은 그림자 허물어진다

얼굴

바라만 보다 늙어 버려라
늙어 꼬부라져야
현 시가를 바로 알 수 있다면

시시각각 변하는 값을 모르니
나 다리미 되어
몇 날을 뜨거운 김으로
구겨진 심안을 다려 놓고
파장한 계산대에 앉아
세르세 라르고 슬픈 리듬에
젖어보리라

사는 게 꼴이 아니었다가
얼굴이었다가
그런 게 식상해서
송두리째 절교했다
그 틈에서 직관을 소원하여

그쪽 벽에 압정으로 고정시키면

숨 조여 뽑아 버리고

그곳에서 내 힘 네 의욕

폴폴거리기를 바라고

늘 대각선상에 그림자만 띄운다

| 3부 |

잡초

사진을 보며

사진첩을 열자 네가
산자락에 앉아있다

쏙으로
사라진 모습
침묵한다

너의 행적 넘길 때
두서없이 휘날리는
하얀 찔레꽃

한 걸음 다가서면
두 걸음 물러서다
눈꽃에 심장을 꽂는
가시나무 새처럼

나 홀로

우는 것은
다행한 일이다

유엔묘지에서

잔디가 익는다
묘비 곁에 신병처럼 서 있는 장미
비릿한 냄새로 비문을 옹호한다

"19세 짐,
여기 잠들다 뉴질랜드 생"
잘려 나간 생목들의 신음
촘촘한 가시로 숨을 쉰다

아카시아 향기 날리고
핏빛 장미 6월을 前奏해도
여기,
총성으로 멎은 이름 앞에
가슴이 탄다

지열로 달아오른 햇무리
만장의 깃발로 서 있는

장미들의 붉은 사열을

통과한다

천상의 악기

내 고향 銀月里는
달빛 쏟아지고
아무렇게 벗은 신발
별빛 적시는

내 고향 銀月里는
어미 새 날개 부비고
지아비 기다리는 정수리에
푸른 달빛 얹히는

내 고향 銀月里는
허공으로 사라지는 별똥별에
소망 하나 빌며 단추를 여는

물총새 나르고
파도소리에 잠이 드는
천상의 악기

잡초

주인은 세간을 흘리며 이사 갔다
우린 공으로 얻은 터전에 문패를 달았다
느슨한 햇빛, 스쳐가는 바람,
곤충에게 세를 주고 영토를 넓혔다

가뭄에 콩 나듯 들르던 주인
─닭 볏이 저토록 붉고 도도할까
혀를 차며 뿌연 제초제 우리 머리를 스쳤다
시큼한 모발

수면제 유효기간을 계산했다

바람과 햇빛에

우리의 근성을 맡겼다

일기장을 열며

서랍정리를 하다 일기장을 펼쳐본다
오랫동안 일기를 적지 못했다
살아가는 얘기들이 시시콜콜 적혀있다
어떤 구절에선 지금도 마음이 찡해오고
어떤 문제에선 밥을 굶어가며 덤벼든 열정도 보인다

젊은 날의 싱싱한 기록들
한 장 한 장 넘길 때마다
입 벌리며 일어서는 자국들
망설이다 서성이다
전소된 불나방의 자국들

피식 웃음이 나온다
지금 보니
실없는 눈물이 나온다

소통되지 못한 아니,
소통되어선 안 될
서랍 속에서 부서진
그리운 이름들

모든 것이 한 때의 일이다

주점에서

모퉁이에 걸린 등불이
발길을 서두른다

끝나지 않은
말, 말들
주거니 받거니
돌아가는 술사발

홍조띤 얼굴이
불빛 아래 불콰하다

말없이 왔다
말없이 가는
무례한 시간 앞에
젊지도 늙지도 않은
사람들이
속내를 내어 놓는다

인생을 논할 새
어둑새 지는 청춘들,

길을 묻는다

세월을 점검하다

녹녹치 않는 삶이
무기력으로 일어설 때
길을 나선다

스크린처럼 스쳐가는 하루
배후에 올려 놓고
인적 드문 여백에
샷터를 들이댄다

마음을 낚는 강태공도 한 컷

달려 오는 포말에 대작없이 취한
주전자 등대도 한 컷

새똥에 덧칠된 거무퇴퇴한 얼굴로
벼랑 위에 심겨진 풀꽃을 입에 문
바위섬도 한 컷

파도소리에 잠긴 백구
불러도 불러도 대꾸없는
그 유유자적한 표정도 한 컷
한 세상 물들인다

와르르 쏟아지는 잡동사니들
주섬주섬 주워 아골작으로
던져 올린다

끈

후끈후끈
몸살 끼
물에 번진 잉크처럼
뼈 속으로 스며든다
악다구니로 버틴 삶
온 몸 결박한다

보이지 않는 끈에 이끌려
이리저리 흔들리던 삶
오늘 몸으로 맞서본다

열에 들 뜬 몸
끝없이 추락하자
보이지 않던 끈
아스피린 몇 알로
열을 쫓아낸다

쿵,
내 몸의 정적을 깨우며
열은
사라졌다

입가에 단풍이

버스에 붙은
오십견 광고를 본다

오십
소리내어 본다
강산이 몇 번 바뀐
음식을 먹을 때는
입가에 단풍이 드는
기억나지 않는 물건을
엉뚱한 곳에서 찾는
그 뿐인가
생리는 어떤가 묻는 의사에게
이 나이에 무슨 맞짱 뜨는

말로 상처를 주고
말로 상처를 받아
오한으로 결박되는 수

안개에 갇힌 듯
두리뭉실 섞이는 펑퍼짐한 수
쓸쓸하다

마을버스

지하철 6번 출구
왕자 맨션 간판을 단
자가용이 대기해 있다

기다리는 마음이
목마른 소리를 낸다

고달픈 삶을 부려놓고
파르르니 눈을 감는 아버지들
천장을 향해 삿대질하는 술주정꾼
몇 안 되는 지폐를 침 바르며 세는 행상
그들의 일상을 담고 출발 선상에 서 있다

야트막한 몸을 부르르 떨자
분홍빛 미니스커트가 각본처럼
아슬아슬 탑승한다

좁은 도로를 돌아 비탈길로 쏠릴 땐
서슬퍼런 생각들 걷잡을 수 없이 기울어진다

훑고 가는 문패들
국정교과서 이름 앞에선 피식 웃어도
갈길 찾아가는 천백 원짜리
파발마가 있다

볼트집 개

목의 쇠사슬이 출렁이는 나에게
새로운 이름이 왔다

종일 부딪히는 금속소리
전화벨 소리… 귀가 따갑다
어둑해져야 허릴 펴는 주인
밥을 채우며 한 말씀
–밥값 해라
셔터가 내려지고
어둠이 귀를 후벼 판다
잃어버린 체취를 찾아 너무 멀리왔다
몇 날을 굶주린 탓에 던져주는 뼈다귀
덥석 물은 탓이다

–살구
환청으로 들리는 옛 이름
몸을 뒤척일 때마다 온 몸을 감는다

샷터가 올라가고
폭포수처럼 쏟아지는 빛
밤새 참았던 오줌보를 흔들며
전봇대로 향한다

−볼트너트
남자의 다급한 외침이
오늘도 나를 매단다

어머니의 햇살

간곳마을
허리 구부려
땅을 파고 계신다

파도소리에
어깨 들썩이며
땅을 고르고 계신다

구멍 난 홋적삼
해풍에 걸어 놓고

고랑마다 바쁜 마음
봉곳이 심어 놓고

굽은 허리
펴 보시는
생전의 뒷모습

그리운 감꽃

수영천을 지나
광안교를 지나
바다로 간 감꽃 같은 여자

김치도 잘 담그던
손맛 좋은 여자

무남독녀 짝지어주고
빈 뻐꾸기 둥지 바라보며
허공만 지키던 여자

강소주 두 병으로
벗어 둔 운동화

감꽃 피는 나라가 그리웠을까
철 이른 낙엽 된

저, 바보

목욕탕에서

우리 동네 목욕탕은 등을 밀면 육 천원
전신은 만 오천원이다

몸을 세척사에게 맡긴다
뭉친 근육을 팔 뒤꿈치로 훑고 갈 땐
절로 신음이 새어 나온다
나의 근육이 풀릴 때 쯤
그의 얼굴에서 땀이 떨어진다

땀이 떨어지도록
힘을 다하는 그녀를 보며
힘든 일 앞에 뒷걸음질로
주변을 서운하게 한적은 없었는지
내 양심을 점검한다

욕조에 달라붙은 물방울처럼
떨어질 듯 떨어질 듯 애간장을

태우다 흔적없이 사라져간
무늬 없는 존재,

마지막 코스 온 몸 두드림에
흐릿한 내 삶에 매질을 하는 듯
손바닥 자국 선연히 얼룩으로 남는다

눈이 흐린 날

흐린 날
길 위에 서서
길을 끌고 달아나는
달아나다 점프하는
버즘나뭇잎 본다

끊어진 실핏줄
온통 상처다
속박을 건너 온
푸른 비애들
온통 아픔이다

몸 둘 곳 몰라 구르는
저, 아찔함

바람의 끝으로
비상하는

다홍빛 날개

눈이 흐리다

| 4부 |

무거운 날개

게발선인장

그는
나의 구석이다

시든 열무처럼 풀기 없는
나의 구석이다

골격만 세워져 가던
구석

입춘
다음 날

꽃, 핀

환한
구석이다

거미

거꾸로 매단
너의 생을 직시한다

난간을 부여잡고
세워가던 집
우측을 수선하면 좌측이 기울고
좌측을 고치면 우측이 기울어
숨소리마저 버거운 삶,

흔들리는 집 한 채
바람에 걸어 놓고
넌 어디에도 없다

그물에 걸린 몇 시간
물구나무 서 본다
거기,
내가 보인다

세상파도 저만치

어이, 날치
네가 태어나던날
입을 오므렸다 비틀었다
배냇짓하는 너를 보며
지옥이 사라진다

손톱이 자라고 몸이 여물어
아빠를 닮고 엄마를 닮더니
이제 키자랑하는 너
세상파도가 저만치 물러간다

친구도 울리고
가짜 울음으로
식구를 들었다 났다 하는 너
가족들의 웃음소리
지금만 같아라

생일, 축하해

Eden

뚝배기를 모르고

직장에서 받아 본 된장찌개
아홉 가지 반찬에 김이 오른다

—1식 3찬
—먹어도 먹어도 허기가 지는
—학식
그의 말이 떠 오른다

이른 아침 버거를 쥐고 뛰어가는 젊은이
흰 셔츠, 검정 슈트 힘찬 발걸음 보며
보며
오늘도
얄팍한 이력서를 쥐고 길을 나서는 윤기 없는 뒷
모습에
　노란 단풍이 떨어져 내린다 청년실업자의 메마
른 어깨
　굴러가는 낙엽 더미에 떠밀려 간다

애써

김빠진 찌개 한 술 삼킨다

뚝배기가 식는다

무거운 날개

흰꽃과 푸른꽃의 색으로
요란한 알람

설거지 소리
도마 소리
아침이 끓어 넘치는 뚝배기 소리

구석진 그의 방에선
구직란에 커서가 껌벅이고
부석한 얼굴은 거울을 등졌다

끝이 보이지 않는 비정규직
땀이 밴 그의 옷에 바닷길이 생긴다
지열에 데인 양말 구멍이 뚫리고
현관을 미는 안전화 속에 무거운
날개가 퍼득인다

출근길 계단이
계단을 타고 먼지 사이로 미끄러진다

장마

우르릉 쾅, 쾅,

귀가 먹먹하다

욕실에 매달린
젖은 수건이
젖은 거울을 닦는다

비의 안부가 궁금한 바깥

흑갈색 나비 한 마리 비칠대며
빗속으로 잠긴다

주인의 동선 따라
하품을 하는 애견

물의 말미가 보이지 않는다

꽃길

4월,
한낮이
떨어지는 연분홍 꽃잎
두 손으로 받고 있다

서울깍두기 뒷골목에
소리 없이 쌓이는 꽃잎
환한 살구색으로
응달을 걷어 낸다

섬세함을 읽다

바닥에 누워 천장을 바라본다
애벌레 한 마리 배를 밀며
무한공간을 주름 잡는다

저장된 전화번호
일제히 지워졌다
말을 잃자 하루가
멍

밥알이 식욕을 삼킨다
텃밭이
달의 오르가즘으로
단내를 피워올린다
성급한 초침
마른 기침을 한다

지워진 이름 앞에

호들갑이

잠잠하다

벌레가 기어간다

가을걷이

하늘을 후리친다
장대를 허공에 건다
눈을 부라린다
온통 멍이다
저 근력 두렵다

놀란 잎사귀들
이리저리 요동친다
지천에 깔린 단내

땀범벅된 얼굴이
붉음 한가득 담아
걸어간다
잎사귀
허공에 놓인다

종점

희뿌연 먼지가 몸을 감는다
보이지 않는 끈에 흔들리는
역마살의 서러움

기적 없는 구간
역사를 스쳐가고
인화된 표정들만
모니터에서 출렁거린다

마지막 승객을 싣고
종점을 향해 달려가는
은하철도
조각난 삶의 비애가 취중의 입술에서 떨어진다

흘러가는 시간 속에서
오늘이 체크아웃된다

내 얼굴 만지네

화장품 코너에서 팩하나 얻었다
가름한 얼굴에 눈매 반듯한 여자
화장수로 얼굴을 다독이며 팩을 붙인다

언제부턴가 얼굴에 갈수기가 왔다
메마른 면에 간섭하는 소리 귀찮았다
나이 오륙십이면 얼굴에 책임진다지만
그런 말 내 피부에 전이되지 않아
그냥 편한 대로 살았다

귀머거리 눈뜬 장님으로 살았건만
마스크 안의 저 얼굴은?

눈가를 채운 주름
경계선 없는 입술 라인
세사로 감긴 굵은 목덜미
누가 빚어놓은 것일까

탱탱한 가면 뒤의 일그러진 얼굴
오페라 유령 같다

이제 깡통에 들어가
내 오지를 밟고 싶다

부전시장 1

밥 먹는 사람 보면
재래시장 간다
일이 잘 풀리지 않으면
재래시장 간다

시장바닥 한 쪽에선
두루뭉실한 애호박 몇 개
맛있는 밥이다
식은 밥 한 술 급히 삼키며
초록 밥을 판다

먹갈치와 애호박 사들고
비빔밥 섞이듯
이리저리 떠밀린다
어느새 시장 끝
미끈하게 빠져 나온다

부전시장 2

갓 건져 올린 생선과
펄떡이는 푸성귀가 쌓여있는
부전시장
정찰 없는 가격에 흥정을 매기며
익숙한 골목을 누빈다

마늘 파프리카 열무 몇 단
지폐를 건네면
ㅡ개시레
침을 탁 뱉어 머리카락에 문지른다

앞 가게에선 왕소금 한 움큼 휙 뿌리는
진풍경 속에 가만히 서 있어도
몸이 떠내려가는 부전시장
온종일, 소리소리 목이 마르다

해질녘에 들어서면

때 묻은 손 탁탁 털며
덤으로 얹어주는 파장 인심
눈보다 입이 먼저 웃는다

완두콩 이야기

시장 어귀는
호기심으로 채워진
보물지도.

먹성을 펼쳐 놓고
밥을 삼키던 그 앞에
군침을 삼키며 다가선다
급히 숟갈을 놓고
맛갈스러운 입담으로
꽃을 피운다

연두를 연다
촘촘히 박힌 영롱한 보물
후크선장도 팅커벨의
안부도 궁금하다

끝날 줄 모르는 童話

그 한 봉지 건네 받고
초록에 물던 아이와 함께
그곳을 빠져나온다

그믐

불 꺼진 보도에 물든 잎 쌓여있다

빈집이 가시 속에 산다
새의 부리는 섬세한 눈빛으로
어둠을 쪼아 대고
버짐 나무에 떨어지는 빗방울
그 정교함이 복사되는 풍경들

화면 가득
솟아오르는 기러기 떼
언 허공이 동강나고
북서풍에 피라칸사스
냉증으로 발 동여맨다

구부정한 허리로
떠난 자를 기다리는 그대
바람에 흔들리는 모든 그림자

비염에 걸려 서걱거린다

욕망이라 명명하던 모든 절망들
따뜻한 불빛을 떠 올리고
낡은 시간을 건너 온 사람들
달랑거리는 마지막 달력 앞에
부표처럼 흔들리는 섣달 그믐밤

라인

평생 납작 엎드린 삶이었다
정사각 직사각 따라
또각또각 놓인 길

우리의 한계는 부동이다
질겅질겅 씹던 껌
버릴 때는 속수무책
그럴 때마다 몸을
비틀 뿐

사람들
옷차림에 꽃이 피면
금 간 틈으로 잎이 돋고
우린 푸른 꽃을 단다
숱한 발자국 위로
곡예를 부리는 나비 한 쌍
너울거리는 몸짓에

여기저기 침 넘어가는 소리
부풀어 오르는 흙의 낌새

엎드린 삶에도 질서가 있다
정사각 직사각 선 따라
허공을 받아내는 부동의 생

보도블럭이 있다

| 해설 |

無足으로 가 닿은 'B품 인생'을 위한 쓰기

신상조 | 문학 평론가

1. 주체성을 은닉하는 자의식에 대하여

시는 등방성(isotrope, 等方性)의 성질을 갖지 않는다. 위니 콧이 『분석 단상』에서 "나무의 저항은 못을 박은 장소에 따라 다르다. 나무는 등방성의 물질이 아니다."라고 언급한 것에서 힌트를 얻자면, 시는 나뭇결을 가진 나무처럼 어떤 곳은 단단하고 어떤 곳은 연하고 무너지기 쉬운 표피를 가진 소재로부터 탄생한다. 나뭇결을 찾기 위해서 못을 박아보고 그것이 잘 박히는지 아닌지를 살피는 목수처럼, 시인은 언어라는 못과 망치를 들고 시를 건축할 나무를 살핀다. 그런데 현실 속의 목수와 달리 시인은 연하고 무너지기 쉬운 지점에 이끌려 못을 박는다. 건드리기 까다로운 연약하고 민감한 나뭇결에 못을 박으며 시인은 '쓰기'라는 불길하고 위험한 놀이를 한다. 때문에 시를 읽는 사람들은 시의 표면을 매끄럽게 복원해서 읽곤 하지만, 매끄럽게 읽히는 텍스트는 매번 착오적인 것이다. 요컨대 시는 한치 앞도 보이지 않는 안개 속에서 다리 없이 '無足의 행보'를 하는 역설적 걸음이다.

그곳은 습지다

자작나무 우듬지가
희뿌옇게 젖어있다

목마른 우울이
젖은 하늘 서쪽으로
不具의 뿌리를 펴고 있다

그곳은 습지다

네 노래 우듬지가
캄캄하게 젖어 있다

목마른 절망이

젖은 하늘 동쪽으로

無足의 행보를 하고 있다

　　　　　—「안개」 전문

　「안개」는 이연희 시의 내면이 물질화, 질료화한 형태로 드러난 것이다. '안개'의 특징은 캄캄하게 젖어 있으면서 목마른 감각으로 다가온다는 점이다. 또한 '안개'는 다리도 없이 어디에나 배회하면서 부재하고, 시야를 뿌옇게 가리다가 유령처럼 흔적 없이 사라진다.

　안개처럼 잡힐 듯 잡히지 않는 이연희의 시의 언어는 심미적 순간에 대한 감각적 형상화에 충실하다. 그런데 시인의 시에서 심미적 순간은 항상 현재적이다. 흔히 시인 자신의 마음에 새겨진 기억에 그리움의 정서를 덧입혀 삶의 의미를 탐구하는 일반적 서정시와 달리, 이연희의 시는 '기억'에 못을 박지 않는다. "문학은 모든 종류의 기억을 파먹고 산다."라고들 하지만, 적어도 시인의 이번 시집에서 기억의 성소聖所는 협소하다. 「안개」와 같이 사물에 대한 관찰이나 풍경에 기댄 내면적 고백을 찾기도 그리 쉽지가 않다. 간혹 드러나는 시적 배경이라야 자연과 거리가 먼 소박할 삶의 일면에 가깝고, 배경은 서사적이거나 사실적으로 미처 재현될 사이도 없이 시인의 직관과 감성으로 곧장 환원되어 버린다. 그런데 이 직관과 감성이 지극히 모호하다. 시인의 직관과 감성은 해석 가능한 형태로 분출되기도 전에 잘게 나누어지거나 은밀히 봉합되어 버린다. 시적 정체성이 모호한 이연희의 시는 불가피하게도 주체의 의식 너머에 내재한 감춰진 타자를 주목하게 만든다.

거울을 본다
부스스한 머릿결을 만지며
눈, 코, 이마에 크림을 바른다
늘어난 피부에 보습제를 바른다

등 돌린 면면이
일제히 일어선다
검버섯에 분장을 하듯
덧칠을 한다

빨간-열망으로

주황-은밀한 꿈을 꿨지

노란-봄나무로

초록-잎사귀 밀어 올려

파란-푸른 세상 바라보았다

남색-끝 간 데 없이 따라간 세월 끝자락에 달려

보라-추락하는 것은 죽음처럼 어둡다

일곱 번의 희망과

일곱 번의 좌절을

눈 밑에 그려 놓고

울고 있는 거울 속

피에로

— 「눈물 두 방울」 전문

소설 『제인 에어』에는 '다락방의 광녀'가 나온다. 히스테릭한 웃음과 집안에 불을 지르는 행위로 자신의 존재성을 드러내곤 하는 이 여성의 광기에 대해 문학은, 여성의 이성 너머에 있는 비이성적 예술성과 닮아 있다는 해석을 내린 바 있다. 여성시의 담론이 히스테리에 빚지고 있음이 분명하듯, 문학에서 여성의 '광기'가 "남성이데올로기적인 현실을 힐난하고 여성 내부에 억압된 환상과 욕망을 호명"하는 비유로 기능했음은 재론의 여지가 없다.

하지만 의식 너머의 타자를 호명하는 여성적 글쓰기가 기괴한 비명과 웃음으로 가득하다는 생각은 모성적 여성에 대한 환상만큼이나 단순하고 이분법적이다. 「눈물 두 방울」을 보자. 피에로의 표정은 광기에 사로잡힌 로체스트의 아내를 가둬버린 저택의 후미진 다락처럼 주체의 의식 너머에 있는 불온한 타자를 감금한다.

주목할 부분은 시에서의 감금 방식이다. 피에로의 표정은 '눈물 두 방울'로 표상되는 정서나 색색으로 발현된 욕망, 즉 반복적 '절망'과 반복적 '희망'이 과장된 '덧칠'이고 '분장'임을 노골적으로 고백함으로써 오히려 주체의 욕망을 은폐한다. 화장대 앞에서 표정을 은폐하는 행위는 이연희의 시에서 반복되는 주제이기도 하다. "뜨거운 김으로/ 구겨진 심안을 다려놓고" "늘 대각선상에 그림자만 띄운다"(「얼굴」)거나, "안녕하냐고" "중천에 걸린/ 화려할 것도 없는 바깥이/ 종일/ 시비를 걸어도" 시적 주체는 "그저/ 꽃잎만 바라본다"(「낮달」)
는 식이다. 시적 주체에게 있어 "살아가는 얘기들"
은 "소통되어선 안 될"(「일기장을 열며」) 금기에 해
당한다. '다락방의 광녀'가 분명 어딘가에 존재하
지만 사람들의 눈에는 띄지 않듯, 시에서의 주체
성은 드러나기보다 감추어지는 것이다. 결국 독자
의 경험은 암시적이다. "껌 하나" 입에 물고서 "잘
근 잘근 씹어 …… 휴지통으로 던져버리는"(「스피
아민트 풍으로」) 무심한 행위, 혹은 "상념의 물줄
기 속에서/ 한 움큼" 건져 올리는 "상추"(「상추」)
의 푸른빛을 유추적으로 연결함으로써 우리는 주
체의 내면적 풍경이라고 할 "영혼의 허기"(「스피아
민트 풍으로」)나, "발버둥 치며 살아온"(「싱크대 앞
에서」) 삶의 궤적을 짐작할 수 있을 따름이다.

　의식 너머의 타자가 감금된 문학에서의 내면성
은 언어화되기 이전의 미분화 상태, 기표와 기의가
어긋나는 지점에 닿아서야 비로소 그 미학적 진정
성을 발휘한다. 이연희의 시에서 미학적 진정성은
'기형의 문장'으로 표현된다.

　　오늘도 문장으로 어울리지 못한 사연을 찢네

　　습관처럼 찢네

기형의 문장 갈기갈기 넝마처럼 흩어지면

욕조 가득 물을 틀고 재생할 수 없는 넝마를 던지네

다리에 힘 모아 늑골 압박하며 밟았네

으스러진 넝마들 거품 물고 가득 차오르네

악몽 같은 거품 가슴 쓸고 지나가는 사이로

언뜻언뜻 나타났다 저무는 가느다란 빛이

얕게얕게 부서질수록 암시적 비명을 지르네

그 외마디 펼쳐 놓고 분석하듯 건조시키며

짜깁기 하네

　　　　　 ―「그리움을 찢다」 전문

　「그리움을 찢다」는 '―찢네', '―던지네', '―밟았
네', ― '짜깁기 하네.' 라는 단호하면서 연속적인 일
련의 파괴적 행위와, '흩어지다', '으스러지다',
'언뜻언뜻 나타나다', '부서지다' 라는 거칠고 산만
한 느낌을 주는 행위의 결과들로만 시상을 전개한
다. 행위의 결과인 용언들이 말해주듯, 시의 이미
지 전체가 정제된 느낌을 지양하고 해체적 분위기
를 지향한다. 해서인지 넝마처럼 너덜너덜해진 시
어들은 점점 파편화하다 아예 부서져 버린다.

　시가 부서진 언어의 조각들로 기워진 기형의 문

장, 의도적으로 파괴된 언어들의 조합('짜깁기')에 불과하다는 고백은 언어에 대한 시인의 자의식을 보여준다. 문학의 가장 중요한 기능은 언어의 논리를 초월하는 데 있다. 소리와 의미가 일치하는 강요된 세계의 법인 로고스를 부정하는 균열로서의 언어는, 언어의 바깥을 사유하는 시작詩作의 근본이다. 「그리움을 찢다」는 '시=기형의 문장'이라는 등식을 남긴다. 기형의 문장이야말로 예술적 욕망을 담아내는 이연희 시의 궁극적 형식이자 주체성을 은닉하는 하나의 방식임을 표현하고 있는 셈이다.

2. 'B품 인생'을 사유하다

이연희의 시는 현재의 시간 속에서 경험하는 일상적 체험을 통해 인생을 사유한다. 시인이 사유하는 인생은 단적으로 말해 'B품 인생'이다.

난 명징한 태생
견고한 벽을 위해 나왔다

문을 밀고 들어서는 발자국 소리

자석처럼 감지한다

나의 이름이 불릴 때

마른침을 삼키며 바라본다

각이 선 규격품이 팔려 나갈 때

바닥에 고여 숨죽인다

우기가 오면 내 뼈에 꽃이 핀다

음지의 서러움이 멍으로 피어오른다

철물점 구석에 놓여 꽝, 꽝

소리 내어 박혀보지 못한 채

재활용 봉투로 잡동사니 통으로

옮겨져 새로운 이름표를 단다

B품 못대가리

　　　　　　　—「B품 인생」 전문

　「B품 인생」은 팔리지 못한 채 철물점 구석에서 녹슬어가는 '못'에 인격을 부여한 작품이다. 시는 미각('마른 침')과 청각('꽝, 꽝') 외에도 다양한 시각적 이미지를 통해 못을 의인화되고 있다. 못에 녹이 스는 것을 묘사한 "우기가 오면 내 뼈에 꽃이 핀다"거나 "음지의 서러움이 멍으로 피어오른다"
와 같은 시각적 이미지는 노화를 겪는 신체를 자연
스레 연상하게 한다. 시인은 '못'이라는 사물과 우
리의 삶 사이에 일종의 유추적 연관성을 개입시킴
으로써 부정적 삶을 실감 있게 형상화하는 것이다.

'B품 인생'으로 전락한 못의 처지는 자못 '웃픈'
느낌인데, 블랙코미디와 같은 못의 비극성은 자신
이 규격품이 아닌 걸 깨닫지 못한 근거 없는 자신
감에서 발생한다. 1연에서 못은 "난 명징한 태생/
견고한 벽을 위해 나왔다"고 자랑스럽게 자신을 소
개한다. 허나 못의 이러한 자기소개는 반어적이거
나 심한 자기 착각에 불과하다. "재활용 봉투로 잡
동사니 통"으로 옮겨져 "B품 못대가리"라는 새로
운 이름표를 다는 데서 1연의 진술은 모조리 부정
되어서이다.

시는 '나왔다', '감지한다', '숨죽인다', '핀다',
'피어오른다', '이름표를 단다'라는 서술형의 문장
으로 일관하다 마지막에 가서 'B품 못대가리'라는
간결한 명사형으로 종결된다. 시에서 명사형 종결
은 일종의 여운을 남긴다. 자신이 'B품 인생'임을
자각하는 못의 먹먹한 마음을 전달하기에 적합한

방식의 종결이다.

「B품 인생」이 사물에 대한 관찰과 상상을 토대로 'B품 인생'을 구체화했다면 다음의 시는 우리 주변의 일상적 상황을 들여다봄으로써 'B품 인생'인 삶의 현실을 형상화하고 있다.

어둑한 구석을 잘못 들어선 봉고
길을 살피며 땀에 젖는 길
–쓰레기 버리지 마시오
–감시카메라 있음
담 살피는 소리에도
등 굽은 그림자
비닐봉지 던져 버리는

화석 같은 길
아버지의 아버지가 걸었던,
일회용 품삯을 쥔
헐거운 마음을
위태하게 바라보는
먼저 눈 뜨고
늦게 눈 감는
가난한 길

「골목」은 봉고를 타고 온 누군가가 몰래 쓰레기를 버리고 가는 장면을 묘사하는 1연과, '가난'에 대한 화자의 인식을 진술하는 2연으로 이루어져 있다. "─쓰레기 버리지 마시오/ ─감시카메라 있음"이라는 경고성 문구는 가난한 동네에 더욱 흔하다. 가난한 사람들이 거주하는 지역일수록 어둡고 지저분하다. 밝고 깨끗한 곳에서는 양심을 지키며 도덕적이던 사람들도 그런 곳에서는 쉽게 쓰레기를 버린다. 그래서 가난한 동네 골목은 쉽게 더럽혀지고, 더러워서 더욱 더러워지는 악순환이 거듭된다.

시 속의 골목이 더럽혀지는 데 외지인의 '봉고'가 부정한 몫을 담당하듯, 가난은 게으름이나 능력과 같은 개인 내부의 문제이기에 앞서 사회의 구조적 모순에 해당하는 외부적 문제다. 시인은 가난에 대한 인식을 "화석 같은 길/ 아버지의 아버지가 걸었던" 길이라는 상징성으로 대신한다. '화석처럼 굳어진 길'은 가난이 누대에 걸쳐 대물림되는 현상임을 의미한다. 나아가 '길'로써 상징되는 가난에 대한 화자의 인식은 매우 사실적이다. 그에게 '길'

은 "먼저 눈 뜨고/ 늦게 눈 감는" 사람들의 일상과 겹친다. 가난한 사람들은 지갑도 얇지만 무엇보다 시간이 부족하다. 긴 시간 일해도 수입이 턱없이 적으니 남들처럼 일해서는 살 수가 없다. 목숨을 연명하는 일 외에 자신의 시간을 유희나 창조적 활동에 조금도 할애할 수가 없는 것이다. 가난한 이들에게 주5일 근무는 배부른 사람들이나 누릴 수 있는 여유다. 예컨대 하루 스물네 시간을 쪼개어도 먹고 자고 일하는 것 말고는 잠시도 사용할 수 있는 시간이 없는, 고작 시급이 '오천 원'인 이 사람을 보라고 시인은 말한다.

> 전구가게
> 키보드에 해가 뜬다
>
> 앵앵거리는 모니터
> LED램프 75W 1*7,500
> LED램프 8W 1*1,100⋯
> 펼쳐진 견적서
> 칸을 채워간다
> 느린 손끝을 탓하는

독촉의 굳은 잔소리

거북목 점점 굽어간다

타들어가는 생업 위에도

나뭇잎 구르고

도시 까마귀 울음소리

들리는 오후

때 묻은 손끝에 얹히는

시급 오천 원

전구가게 키보드에

해가 진다
　　　　　　　　　—「시급 오천 원」 전문

　키보드에 해가 뜨는 것으로 시작하는 전구가게 주인의 하루를 시인은 '타들어가는 생업'이라고 표현한다. 희락도 열정도 없이 현실을 견딜 뿐인 '시급 오천 원'의 삶에는 수사나 상상조차 끼어들 수 없다. 시인은 다만 1개에 7,500원, 11,000원하는 LED램프의 가격을 나열하는 것으로 '타들어가는 생업'의 구차함을 드러낸다.

　이윽고 키보드에 해가 진다. LED램프 1개의 값

어치만큼도 되지 않는 시급을 벌기 위한 장시간의 노동이었다. 그래도 찾아오는 건 기껏 "나뭇잎 구르고/ 도시 까마귀 울음소리/ 들리는" 불길한 오후다. 등 굽은 그림자로 돌아가는 지친 그의 눈앞에, 어느 봉고차가 던지고 간 쓰레기가 뒹굴지 않기만을 바랄 뿐이다.

"고객의 갑질에 입은 웃고 손가락은 떨리는 계산원"(「노을」), "다가오는 발자국을 향해/ 고개를 주억거리며" 손을 펼치는 "육교 위"의 걸인(「태양의 부양가족」), "몇 안 되는 지폐를 침 바르며 세는 행상"(「마을버스」), 동네 목욕탕의 때밀이 아줌마(「목욕탕에서」), "얄팍한 이력서를 쥐고 길을 나서는 윤기 없는 뒷모습"의 청년실업자(「뚝배기를 모르고」), 지열에 덴 양말을 신은 안전화 속의 비정규직 노동자(「무거운 날개」), 주인의 "—밥값 해라"라는 잔소리가 꿈에서도 귀에 쟁쟁한 볼트 가게의 점원(「볼트집 개」) 등, 이연희의 시에는 'B품 인생'의 주인공이라고 일컬을만한 주체들이 유달리 자주 등장한다. 시인이 인식하는 'B품 인생'의 기준은 가난이다. 자본이 신처럼 숭배되는 현실 속에서 이는 당연한 귀결이다.

시에서 대상은 시인과 관계를 맺으며 세계를 구성한다. '대상'은 시인과 세계를 연결하는 매개체이자, 독자로 하여금 세계에 대한 시인의 인식과 태도를 확인할 수 있게 만드는 매개체로 기능한다. 다시 말해 가난한 주체들이 살아가는 구체적 상황이나 상태를 묘사, 진술함은 자본에 예속된 삶에 대한 부정적 인식을 감각으로 구체화하기 위한 시인의 전략이다. 시에서 드러나는 'B품 인생'들은 육교 위의 걸인을 제외한다면 극단적인 도시 빈민층의 삶과는 거리를 둔 평범한 존재들이다. 하지만 걸인과 달리 절대빈곤의 고통에서 벗어나 있다고 해서 이들의 삶이 발버둥치는 생존 투쟁의 장으로부터 멀어져 있는 건 아니다. 'B품 인생'들의 공통점은 '일회용 품삯'(「골목」)이 하루분의 생명을 보존하는 삶을 살아간다는 것이고, 생존 그 자체로 고투하는 주체들에 대한 묘사와 진술은 사회의 중심부로부터 벗어나 소외된 삶을 리얼하게 고발하는 효과를 담보한다.

한편으로 'B품 인생'의 주체들이 '나'와 더불어 살아가는 우리의 이웃이라면, 그들이 당하는 소외와 고통의 근원을 고발하는 작업은 우리 모두의 삶

을 성찰하면서 그들에 대한 '나'의 태도를 되돌아
보게 할 터이다. 다음의 시는 대상을 연민함과 더
불어 자신의 삶에 대한 반성적 태도를 견지하려는
시인의 태도를 보여준다.

> 우리 동네 목욕탕은 등을 밀면 육 천원
> 전신은 만 오천원이다
>
> (중략)
> 땀이 떨어지도록
> 힘을 다하는 그녀를 보며
> 힘든 일 앞에 뒷걸음질로
> 주변을 서운하게 한적은 없었는지
> 내 양심을 점검한다
>
> (중략)
>
> 마지막 코스 온 몸 두드림에
> 흐릿한 내 삶에 매질을 하는 듯
> 손바닥 자국 선연히 얼룩으로 남는다
> ──「목욕탕에서」 전문

화자는 때밀이 아줌마의 얼굴에서 떨어지는 땀을 보다말고 문득 자신의 양심을 점검한다. 삶을 되돌아볼수록 전신을 마사지하며 두드리는 그녀의 손길이 불성실했던 자신을 매질하는 것만 같다. "땀이 떨어지도록/ 힘을 다하는 그녀"의 노동이 연민의 감정을 불러일으키기보다 자기반성을 가져온다는 점에서 이연희의 시는 생존 그 자체의 문제만을 고발하는 시와 대비된다. 현재에 대한 절망 뒤로 미래에 대한 비전을 제시하는 다음 시에서, 생존 투쟁의 고통으로 점철되는 이연희 시의 창작 동기는 더욱 확실하게 드러난다.

주인은 세간을 흘리며 이사 갔다
우린 공으로 얻은 터전에 문패를 달았다

(중략)

수면제 유효기간을 계산했다

바람과 햇빛에

우리의 근성을 맡겼다

―「잡초」 부분

　시의 제목인 '잡초'는 이사 가며 흘리고 간 세간과도 같은 대상('우리')의 처지를 암묵적으로 시사한다. "수면제 유효기간을 계산"하는 '잡초'가 사람들이 살지 않는 빈터에 터를 잡고 뿌리를 뻗는 자연 사물로서의 풀이 아님은 물론이다. "공으로 얻은 터전에 문패를 달"고서 살고, 언제든 입에 수면제를 털어 넣고 영원히 잠들 각오로 살아가는 떠돌이로서의 삶은 고립무원의 고독과 절대빈곤의 고통을 상기시킨다. 해서 시에서 버려진 삶의 재현은 절망의 정서로 전이되며 마무리되는 듯하다.

　그러나 '잡초'에 비유되는 시적 대상은 바람과 햇빛에 자신을 맡기는 특유의 "근성"으로 끝끝내 살아남는다. '바람과 햇빛'은 힘든 현실의 제약일 수도, 잡초를 살아가게 만드는 원동력일 수도 있다. 그 '바람과 햇빛'의 양가적인 속성에 너와 나의 이웃인 'B품 인생'들의 근성을 맡기며, 이연희의 시는 소외된 자들의 삶과 노동에 신성한 가치를 부여하는 세상을 소원한다. 'B품 인생'들을 위한

꿈을 자기 성찰과 더불어 담담하게 그려내기. 그것
이 시멘트로 뒤덮인 이 차가운 불모의 도시에서 시
인이 가꾸려는 작은 소망의 씨앗이라는 듯⋯⋯.

2020년 9월 21일 초판 1쇄

지은이 | 이연희
펴낸이 | 강현국
펴낸곳 | 도서출판 시와반시

등록 | 2011년 10월 21일 (제25100-2011-000034호)
주소 | 대구광역시 수성구 지산로 14길 8, 101-2408호
대표전화 | 053)654-0027
팩스 | 053)622-0377
E-mail | khguk92@hanmail.net

ISBN 978-89-8345-093-7 03800